Pour Philippe et Clotilde .

D1355112

Gorillo
mène l'enquête

Lecture Club Benjamin

Gorillo
mène l'enquête

Texte:
Ann Rocard

Illustrations:
Yves Lequesne

EH **Héritage jeunesse**

LE GORILLE GORILLO

Cette histoire se passe en Afrique,
dans une grande forêt. C'est là que
vit le gorille Gorillo.
Il n'est pas très grand, il n'est pas
très gros, mais c'est le plus fort, le
plus costaud de tous les gorilles.
D'un coup de patte, il pourrait

déraciner un tronc d'arbre et le lancer au-dessus de la forêt. Vraiment, qu'il est costaud!

D'un coup de tête, il pourrait assommer deux éléphants furieux. Vraiment, qu'il est costaud!

Gorillo porte une casquette, des lunettes fluorescentes et un nœud papillon fleuri. Jamais personne ne se moque de lui... Ah ça, non! Personne ne veut le mettre en colère.

De sa grosse voix, Gorillo chante toute la journée. Il adore chanter en grattant et tapotant un drôle d'instrument qu'il a fabriqué avec une noix de coco:

— Do ré mi fa sol la si do!

Moi, je m'appelle Gorillo.

Si vous avez un problème,
si vous voulez qu'on vous aime,
composez le numéro :
     SOS 000 !
   Oui, je suis là !
   Oui, me voilà :
moi, le gorille Gorillo !

Mais Gorillo chante faux, très faux, horriblement faux... Quand il ouvre la bouche : do ré mi fa sol la si do... aussitôt la pluie se met à tomber et les habitants de la forêt chuchotent, à l'abri sous leurs parapluies :

— On en a assez d'être trempés, d'éternuer, de grelotter... Quand s'arrêtera-t-il de chanter ?

Gorillo ne se rend compte de rien. Il continue à chanter en pensant à

l'avenir: il rêve de devenir un grand détective. Il veut résoudre les énigmes les plus difficiles et poursuivre des bandits.

C'est pourquoi, ce matin, le super-gorille est en train de peindre une pancarte, au pied de son arbre:

GORILLO
DÉTECTIVE PRIVÉ
Frapper avant de monter.

Gorillo accroche la pancarte sur le tronc, puis il grimpe à l'arbre et il s'installe confortablement sur une grosse branche. Qui sera son premier client?

Les heures passent lentement, mais personne ne vient le trouver.
— C'est étrange, dit le gorille. Le panneau est peut-être trop petit...

Alors, il fabrique une pancarte deux fois plus grande avec des lettres deux fois plus grosses.

Et comme la première fois, le gorille attend patiemment, assis à califourchon sur une branche.

Quand la nuit envahit la grande forêt, Gorillo n'a pas vu le moindre client.

Il est déçu, terriblement déçu, et il chantonne un vieux refrain… sous la pluie, évidemment!

Le lendemain matin, le gorille se réveille de mauvaise humeur. A ce moment-là, il entend un drôle de bruit au-dessus de sa tête: hic hic hic!

— Qu'est-ce que c'est? grogne le gorille.

— Excusez-moi, hic! répond une voix. C'est moi, Loquet, hic!

— Loquet Hic? s'étonne Gorillo.

— Non, hic! Loquet tout court: c'est mon nom!

Le gorille lève la tête: au-dessus de lui se tient un oiseau coloré qui explique:

— Hic! Je suis un perroquet. J'ai le hoquet depuis ma naissance…

Hic! Savez-vous comment je pourrais arrêter? Hic!

Gorillo est très surpris: c'est la première fois que quelqu'un lui adresse la parole.

— Tu es nouveau ici? demande le gorille.

— Oui, hic ! Je suis arrivé cette nuit, répond l'oiseau.

Le perroquet ne connaît sans doute pas Gorillo, le gorille costaud. Que se passera-t-il quand il saura à qui il est en train de parler ?

2

SAUVE QUI PEUT!

Le gorille hausse les épaules:
— Je ne suis pas un vétérinaire,
mais je sais que, pour soigner le
hoquet, il faut avoir très peur...
— Il faut avoir très hic, très peur,
répète le perroquet.
— Je veux bien t'aider, dit Goril-

lo. Mais tu vas d'abord me rendre un petit service.

— Bien sûr, hic! fait l'oiseau.

— Écoute bien... commence le gorille. Vole aux quatre coins de la forêt et annonce aux habitants : « Venez tous chez le nouveau détective privé, le super-gorille Gorillo! » Compris?

— Hic, compris! dit l'oiseau, qui s'envole aussitôt.

Le perroquet volette d'arbre en arbre, de buisson en buisson. A chaque fois qu'il rencontre un animal, il lui crie :

— Viens, hic ! vite chez le nouveau détective privé...

— Un détective? Quel détective?

— Le super-hic-gorille Gorillo! ajoute l'oiseau.

Dès que le perroquet prononce ces mots, les animaux de la forêt se cachent en tremblant. Ont-ils peur ou sont-ils malades?

Au bord de la rivière, Banane l'hippopotame fronce les sourcils:

— Où vas-tu maintenant?

— Je retourne voir le hic! le gorille. Il a promis de guérir mon hoquet.

— N'y va pas! s'écrie Banane. Il va t'arracher les plumes.

— Il va te tordre le co, le cou... tremblote un gros crocodile.

Le perroquet est étonné: quoi? cet hippopotame et ce crocodile ont peur du gorille à casquette?

— Il n'a pas l'air, hic! il n'a pas l'air très méchant, pourtant! dit l'oiseau.

L'hippopotame fait signe à Loquet de se rapprocher et il chuchote :
— C'est le gorille le plus costaud de la Terre, il pourrait te réduire en bouillie...

— Il est terrible, il est horrible, ajoute le crocodile. Tout le monde tremble devant lui.

Une bouillie de perroquet ? Terrifié, l'oiseau se met lui aussi à trembler.
— Tu as peur ? demande Banane.
— Oh oui... dit le perroquet.
— Très peur ?
— Oh oui... dit le perroquet.
— Affreusement peur ?
— Oh oui... dit le perroquet.
— Parfait ! murmure le crocodile. Tu es guéri !

C'est vrai : Loquet a eu si peur que son hoquet est enfin parti. Ravi, il s'envole au-dessus des grands arbres, en sifflotant le refrain des oiseaux malins.

19

Pendant ce temps, que fait donc Gorillo? Il attend des clients, il attend aussi le perroquet qui ne revient pas et il commence à perdre patience:

— C'est incroyable! Je ne croise jamais la moindre bestiole... A croire que les habitants de cette forêt ont peur de moi. C'est inimaginable! Moi qui ne ferais pas de mal à une mouche!

Alors, Gorillo décide de partir découvrir le vaste monde.
Crac! Il casse sa pancarte en mille morceaux. Il prend son sac à dos et il y range ses affaires. Puis il s'éloigne sur le chemin, en chantonnant... sous la pluie, évidemment!

— Do ré mi fa sol la si do !
Moi, je m'appelle Gorillo.
Si vous avez un problème,
si vous voulez qu'on vous aime,
ne faites plus le numéro :
     SOS 000 !
  Je ne suis plus là !
  Je m'en vais là-bas :
moi, le gorille Gorillo !

A l'abri sous leurs parapluies, les animaux de la forêt le regardent passer. Quel soulagement ! Ouf... Le gorille le plus costaud s'en va ! Ouf... Il ne chantera plus ! La pluie s'arrêtera enfin de tomber. Le soleil séchera les arbres et les buissons. On entendra de nouveau des rires et des chansons, car plus personne ne tremblera.

Gorillo s'en va! Gorillo s'en va!
Bon débarras!

3

BON VOYAGE!

Gorillo, le gorille super-costaud, traverse la grande forêt en passant d'une liane à l'autre et en poussant de grands cris, comme le célèbre Tarzan :

— Ya-a-ouh !

Gorillo est très content : il va faire le tour de la Terre. Il rencontrera peut-être d'autres gorilles, encore plus forts que lui. Il deviendra le meilleur détective du monde.

Suspendu à une grosse liane, le gorille survole une rivière, quand, tout à coup, il entend une petite voix :

— Au secours !

Quelqu'un a crié. Quelqu'un a appelé : « Au secours ! » Gorillo regarde de tous les côtés : il ne voit rien d'anormal. Si... Là ! Quelques bulles éclatent à la surface de l'eau !

Vite, le gorille se laisse glisser le long de la liane, juste au-dessus de la rivière, et il plonge un bras dans l'eau...

Qu'attrape-t-il? Un petit singe qui était en train de se noyer, un petit singe évanoui. Gorillo le serre contre lui, tout en se balançant au bout de la liane... Puis il saute sur la rive et dépose doucement le petit singe sur un tapis de mousse.

— Au secours... murmure le petit singe, qui entrouvre les yeux.

— Ne t'inquiète pas! dit le gorille. Tu es sauvé.

Et Gorillo s'éloigne. Le petit singe n'a pas compris ce qui lui est arrivé. Mais un oiseau a tout vu du haut du ciel: c'est Loquet, le perroquet! Il répète à qui veut l'entendre:

— Le gorille super-costaud vient de sauver un singe: je l'ai vu, de mes yeux vu!

— Tu vois double ! se moque Banane l'hippopotame. Tu vois trouble ! Tu devrais porter des lunettes.

— Arrête de dire n'importe quoi ! ordonne le crocodile en claquant son énorme mâchoire.

Le perroquet fait demi-tour : non, il n'a pas besoin de lunettes ! Il a très bien vu le gorille à casquette, suspendu au-dessus de la rivière. Les habitants de cette jungle sont vraiment bizarres...

Loquet soupire et il décide :
— Je ne resterai pas longtemps dans cette région-là. Je vais me reposer pendant quelques jours, puis je quitterai cette forêt, comme Gorillo.

Où se trouve maintenant le gorille super-costaud ? Il est enfin sorti de la jungle et il marche à grands pas dans la savane, une immense prairie couverte d'herbe jaune.

Soudain, une grosse voix se fait entendre :

— Que fais-tu chez moi ?

Gorillo se retourne et se trouve nez à nez… ou plutôt nez à trompe avec un énorme éléphant !

— Vous habitez ici ? s'étonne le gorille.

— Toute cette prairie m'appartient ! répond l'éléphant. Ceux que je n'ai pas invités n'ont pas le droit d'y mettre les pieds !

Le gorille éclate de rire :

— Ah ah ah! Tu devrais m'inviter gentiment, sinon il va t'arriver des ennuis.

— Quoi? gronde l'éléphant. Tu me donnes des ordres, à présent? Si, à « trois », tu n'es pas parti d'ici, je t'écraserai comme une vulgaire araignée!

Mais Gorillo rit de plus belle:
— Tu n'es pas très joli, monsieur l'éléphant! Moi aussi, je vais me fâcher et t'envoyer faire un tour sur la lune.

L'éléphant relève la trompe et les défenses: il est fou de rage. Il compte jusqu'à trois, puis il prend son élan et fonce droit sur le gorille.
Alors, Gorillo allonge une patte, il

attrape l'éléphant par la queue et le fait tourner, tourner, tourner... Puis il le lâche d'un seul coup. Zzzzzzzzz... L'éléphant s'envole vers le ciel, plus haut que les nuages, en direction de la lune.

— Bon voyage! lui crie Gorillo. Et la prochaine fois, sois un peu plus poli, monsieur l'éléphant!

4

UNE DISPARITION

Le lendemain matin, un grand cri retentit dans la forêt :

— Il a disparu ! Il a disparu !

— Qui a disparu ? s'étonne Fabi le fourmilier.

— Qui a dis… répète Faidodo, le paresseux qui ne finit jamais ses phrases.

31

Au bord de la rivière, Banane l'hippopotame est très inquiet : son fils Philippon n'est pas rentré à la maison. Il l'a cherché partout, mais le petit hippopotame reste introuvable.

Aussitôt, le gibbon aux longs bras saisit son tam-tam et le tapote pour prévenir les habitants de la jungle :

— Tap tam tap tam ! On recherche Philippon, le petit hippopotame ! Tap tam tap tam !

Les oiseaux volent de branche en branche, annonçant la mauvaise nouvelle :

— On recherche Philippon, le fils de Banane ! Une récompense sera donnée à celui qui le retrouvera !

Mais les heures passent et le petit

hippopotame ne revient pas. Les animaux de la forêt l'ont cherché sous le moindre buisson, à l'abri des grands troncs et même au plus profond de la rivière.

Au bord de l'eau, l'hippopotame Banane interroge son voisin le crocodile :

— Où se cache ton cousin, le grand Talligator ?

— Il est sans doute chez lui, répond le crocodile, étonné.

— Va le chercher immédiatement ! ordonne Banane. C'est sûrement lui, le coupable !

— Qu'est-ce que j'entends ? rugit une voix.

Le seigneur Talligator se tient à quelques pas de l'hippopotame. Il roule des yeux furieux :

— Je déteste être accusé, surtout quand je n'ai rien fait!

— Ce n'est pas toi qui as enlevé mon fils Philippon? demande l'hippopotame.

— Non, ce n'est pas moi! Je lève la patte droite et je dis: je le jure!

Alors, qui est le coupable? Léonard le jaguar, Bill le boa ou Gorillo le gorille?

— Gorillo n'a rien fait! s'écrie Loquet, le perroquet. Il a quitté la forêt depuis hier.

Les animaux hochent la tête: comment découvrir la vérité?

A ce moment-là, un nouveau cri s'élève dans la forêt:

— Il a disparu! Il a disparu!

— Qui a disparu? s'étonne Fabi le fourmilier.

— Qui a dis... répète Faidodo, le paresseux.

— Qui a disparu? s'écrient tous les habitants de la jungle.

Julia la panthère bondit sur le chemin et elle gémit:

— Mon bébé a disparu! Je m'étais

absentée pour chercher un peu de nourriture... et quand je suis revenue, mon abri était vide. Il faut le retrouver !

— Exactement comme mon fils Philippon, dit tristement Banane l'hippopotame.

Que se passe-t-il dans la forêt ? Les animaux se regardent, affolés. Ils avaient peur de Gorillo... Mais maintenant qu'il est parti, il se produit des choses effrayantes, épouvantables.

— C'est justement parce que le gorille est parti que tous ces événements ont lieu, dit le perroquet.

— Pourquoi ? demandent les animaux, qui ne comprennent pas.

Le perroquet secoue ses plumes multicolores et il explique :

— Le bandit, la terreur, le

monstre, l'horrible monstre qui a enlevé le bébé panthère et le petit hippopotame avait certainement très peur de Gorillo. Maintenant que le gorille a quitté la forêt, il n'a plus rien à craindre.

— Mais alors… sursautent tous les animaux, il va y avoir d'autres enlèvements ?

37

— Sûrement... soupire Loquet.

Dans la forêt, personne ne bouge plus. Quelle nouvelle catastrophe va encore se produire?

5

CATASTROPHE!

Les animaux écoutent le moindre bruit. Le silence règne sur la grande forêt. Et puis un nouveau cri retentit :

— Il a disparu! Il a disparu!

— Qui a disparu? s'inquiète Fabi le fourmilier.

— Qui a dis... répète Faidodo le paresseux.

— Qui a disparu? s'écrient tous les habitants de la jungle.

Cette fois-ci, c'est un oiseau blanc qui arrive à tire-d'aile. Il se pose sur le dos de l'hippopotame et claque du bec :

— On a volé mon nid...

— Ce n'est pas très grave, dit Fabi.

— Oh, si ! Car mon nid était plein d'oisillons, ajoute l'oiseau blanc en pleurant.

— Il faut agir ! décide le grand Talligator. Ça ne sert à rien de gémir et de discuter. Explorons la forêt ! Et surtout, que personne ne reste seul, car le monstre a l'air très dangereux.

— Bravo! applaudissent tous les animaux. Bien parlé!

Le grand Talligator donne le signal du départ et les recherches reprennent aussitôt. Pendant une semaine entière, les habitants de la jungle parcourent la forêt dans tous les sens, mais ils ne trouvent pas la moindre trace suspecte. Et chaque jour, un nouveau méfait est commis: un nouveau petit animal disparaît.

A la fin de la semaine, les animaux de la forêt se réunissent au bord de la rivière. Ils ne savent plus que faire.

— J'ai une idée! dit soudain le perroquet.

— Les idées ne servent à rien,

gémit Banane l'hippopotame. Tout est perdu... Nous ne retrouverons jamais nos enfants.

— Banane a raison, approuvent la panthère et l'oiseau blanc.

Mais le perroquet bat des ailes pour obtenir le silence :

— Écoutez-moi tous ! Je vais aller chercher Gorillo.

— Gorillo? sursaute le crocodile. Pitié! Pas Gorillo! Nous avons déjà suffisamment de soucis...

Loquet sautille trois fois sur place et il attrape par le bras un petit singe, celui que le gorille avait sauvé de la noyade:

— Aïe aïe aïe! pleurniche le petit singe. Je ne t'ai rien fait... Lâche-moi!

— Non! dit le perroquet. Je vais d'abord te poser une question: sais-tu nager?

— Heu... pas très bien, répond le petit singe.

— Il y a quelques jours, tu es tombé dans la rivière... je crois, ajoute Loquet.

— Heu oui, je suis tombé dans la rivière, dit le petit singe.

Les animaux sont étonnés : à quoi sert donc cet interrogatoire ? Ils écoutent attentivement ce que le perroquet va leur apprendre.

— Ah ! s'écrie Loquet. Tu es tombé dans la rivière, tu ne sais pas nager... et pourtant, tu ne t'es pas noyé. Comme c'est bizarre !

— Heu oui, c'est bizarre, dit le petit singe.

Alors, le perroquet secoue ses plumes multicolores et il explique d'une voix forte :

— Élémentaire, mes chers amis ! Le petit singe ne s'est pas noyé, car quelqu'un l'a sorti de l'eau. Je l'ai vu, je vous l'ai raconté... et personne ne m'a cru ! Mais aujourd'hui, il faut me croire, car c'est notre seul espoir. Gorillo, le gorille le plus costaud de la Terre, a sauvé le petit singe… Si nous le trouvons, il nous sauvera tous.

L'hippopotame et la panthère hochent la tête. Le crocodile n'est pas très rassuré. Les animaux réfléchissent, réfléchissent : il faudrait trouver une autre idée… mais comme c'est la seule solution, ils finissent par accepter.

— D'accord ! dit le fourmilier. Va chercher Gorillo !
— D'ac… répète Faidodo.
— Et s'il refuse ? demande l'oiseau blanc.
— Je suis sûr qu'il acceptera, répond Loquet. Gorillo est un détec-

tive privé… Et chacun sait qu'un détective privé ne refuse jamais de mener une enquête, parole de perroquet!

6

A LA RECHERCHE
DE GORILLO

Loquet le perroquet agite les ailes et s'envole au-dessus de la jungle. Comment va-t-il retrouver Gorillo? Le perroquet survole les arbres et se dirige vers la savane aux grandes herbes jaunes.

Là, il aperçoit un éléphant boiteux, couvert de bosses et de bleus.

— Bonjour! dit Loquet.

— Que fais-tu chez moi? gronde l'éléphant. Toute cette prairie m'appartient. Ceux que je n'ai pas invités n'ont pas le droit d'y mettre les pieds.

— Je n'y mets pas les pieds, remarque le perroquet. Seulement le bout des pattes.

— Insolent! gronde l'éléphant, qui relève la trompe et les défenses.

Loquet s'envole aussitôt et il demande en riant:

— On dirait que vous avez eu un accident…

— Ça ne te regarde pas, grogne l'éléphant.

— Peut-être avez-vous foncé dans un gorille terriblement costaud? L'éléphant fronce les sourcils... S'il n'était pas couvert de bosses et de bleus, il écraserait ce moustique à plumes comme une vulgaire araignée! Mais pour l'instant, il peut à peine marcher et il a mal partout.

— Savez-vous où je peux trouver ce gorille? dit encore Loquet. Je voudrais qu'il me suive dans la forêt...

— Qu'il quitte la savane pour toujours? interrompt l'éléphant. Bonne idée! On en serait bien débarrassés!

Et l'éléphant ajoute en indiquant le chemin du bout de la trompe:

— Va par là! Tu finiras par le

trouver… J'ai l'impression que les animaux qui se sont moqués de lui ont eu quelques ennuis.

— Merci! dit le perroquet. Soignez-vous bien et méfiez-vous des gorilles: ils sont parfois plus forts qu'ils en ont l'air!

Loquet poursuit sa route. De temps en temps, il interroge une gazelle ou un autre animal de la savane:

— Bonjour! Je cherche un gorille qui porte une casquette et des lunettes. L'avez-vous vu passer?

— Il est parti dans cette direction. Continuez tout droit!

Parfois, le perroquet aperçoit un lion à la crinière déchirée, une girafe au cou noué ou un guépard avec des béquilles…

— Ce sont sans doute les animaux qui se sont moqués de Gorillo, remarque Loquet. Tant pis pour eux, ils l'ont bien mérité !

Tout à coup, le perroquet découvre, au pied d'un baobab, un animal qu'il ne connaît pas : une sorte de cheval couvert de rayures.
— Vous vous êtes déguisé en barrière ? s'étonne Loquet. Ou bien c'est mon ami Gorillo qui vous a peint des traits noirs sur le corps ?

Le drôle d'animal ne comprend pas. Il écarquille les yeux :
— Barrière ? Peinture ? Gorillo ? Je suis un zèbre, voilà tout !

A ce moment-là, une voix se fait entendre, une voix que Loquet connaît :

— Oh oh! Qui parle de Gorillo? C'est le gorille super-costaud qui s'était endormi derrière le baobab et qui est très étonné d'entendre prononcer son nom.

— Bonjour, Gorillo! dit Loquet. Je suis le perroquet qui avait le hoquet... Tu me reconnais?

— Évidemment! répond le gorille. Un détective n'oublie jamais rien. Que fais-tu ici?

— Je te cherchais, explique Loquet. J'ai beaucoup de choses à te dire.

Alors, le perroquet raconte à Gorillo tout ce qui s'est passé dans la jungle depuis son départ: les disparitions, les recherches, le monstre qui terrorise les habitants de la forêt...

— Tu sais tout à présent, dit le perroquet. Nous avons besoin d'un détective super-costaud. Toi seul peux nous aider.

Loquet est un peu inquiet : qu'est-ce que Gorillo va décider ?

7

LE PREMIER INDICE

Le gorille hésite un peu. Il tapote sa casquette, il nettoie ses lunettes et articule de sa grosse voix :

— D'accord ! Je te suis… Quel détective refuserait de mener une enquête ?

— Je le savais ! dit Loquet, qui

éclate de rire. Je le savais, parole de perroquet !

L'oiseau multicolore se pose sur l'épaule de Gorillo, qui s'éloigne à grands pas en direction de la forêt.
— Regarde ! dit soudain Loquet. On dirait que cet éléphant couvert de bosses et de bleus n'a pas envie de te saluer... Il s'enfuit en boitant. Quel mal poli !
— Je crois plutôt qu'il a peur de s'envoler comme une fusée, s'amuse le gorille.

Le soir, enfin, Gorillo et Loquet atteignent la lisière de la forêt. Les habitants de la jungle les y attendent avec impatience.
— Encore une mauvaise nouvelle, annonce Banane l'hippopotame.

— Aujourd'hui, explique Fabi le fourmilier, le petit singe qui avait failli se noyer a disparu...

Gorillo saisit aussitôt sa loupe et ordonne :

— Conduisez-moi à l'endroit où on l'a vu pour la dernière fois !
Le fourmilier entraîne le gorille vers une petite clairière, non loin de la rivière. Gorillo s'agenouille, loupe à la main, et il regarde attentivement les buissons, les troncs d'arbre, les brins d'herbe...

— Que cherches-tu ? s'étonne le perroquet.

— Un indice, répond le gorille.

Un indice ? Qu'est-ce que c'est ? Le perroquet n'a jamais entendu parler de ça.

— Un indice, c'est une trace, un objet ou quelque chose d'autre laissé par le bandit, explique le gorille.

— Par exemple, une plume, dit le perroquet en claquant du bec.

Gorillo se relève : une plume ? Où y a-t-il une plume ? Sur la tête de Loquet ?

— Retourne-toi vite ! conseille le perroquet. Cette plume bariolée que tu vois là-bas ne m'appartient pas !

Loquet a raison ! Sur le sol se trouve une plume bizarre, une plume de toutes les couleurs. Le gorille la ramasse délicatement. Il la tourne et la retourne dans tous les sens.

— C'est sûrement la plume du monstre, murmure-t-il. Bravo, Loquet! Voici notre premier indice!

Les animaux de la forêt observent le détective en silence. Ce gorille super-costaud n'a pas l'air si méchant que ça... C'est de plus un excellent détective, car en très peu de temps il a déjà découvert un premier indice.

Gorillo leur montre justement la plume bariolée:

— Le monstre a perdu ceci! S'il possède une plume pareille, ce bandit est sans doute un oiseau, mais un oiseau très fort, capable de transporter un bébé panthère, un petit hippopotame, un singe malin... et que sais-je encore...

— En effet, chuchote le grand Talligator. Cet oiseau doit être terriblement fort...

Gorillo réfléchit, car il n'a jamais vu une plume pareille.

Il interroge de nouveau les animaux de la forêt :

— Savez-vous à qui appartient cette plume ?

— Non, non...

— Avez-vous déjà aperçu un oiseau avec des plumes comme celle-ci ?

— Non, non...

Le gorille hoche la tête. Ce premier indice n'est pas suffisant. Il doit trouver une autre piste, une autre indication... sinon il ne retrouvera jamais tous ceux qui ont été enlevés.

— Ne t'en fais pas, murmure le perroquet. Je t'aiderai...

8

LE DEUXIÈME INDICE

Le gorille détective voudrait se concentrer et mener son enquête tranquillement. C'est pourquoi il fait signe aux animaux de s'éloigner. Seul, le perroquet reste à côté de lui.

— Ennuyeux... ronchonne Loquet.

— Qu'est-ce qui est ennuyeux ? demande le gorille.

— Quand un oiseau s'envole, il ne laisse pas beaucoup d'indices, explique le perroquet.

Sans répondre, Gorillo continue son exploration. Il examine le moindre recoin de la clairière. Puis il s'écrie :

— Loquet !

— Présent ! dit le perroquet.

— As-tu déjà vu un oiseau tirant un gros sac derrière lui ? demande le gorille.

— Non ! Mais ce n'est pas impossible. Pourquoi me poses-tu cette question ?

Gorillo montre du bout du doigt une longue trace qui serpente sur le sol et s'éloigne dans la forêt.

Le monstre a dû enfermer le petit singe dans un sac, puis traîner le sac sur le sol...

— C'est idiot! remarque Loquet. Moi, à la place de l'oiseau, j'aurais attrapé le singe avec les pattes et je me serais envolé le plus vite possible.

— Tu as raison, dit le gorille. Cet oiseau est peut-être un triple idiot, mais nous tenons notre deuxième indice!

— Youpi! applaudit Loquet. Déjà deux indices!

— Et une vraie piste! ajoute le gorille super-costaud. Suivons-la! Les deux amis quittent la clairière en suivant la longue trace avec précaution.

Où va-t-elle les conduire ? De l'autre côté de la Terre ?

Voilà plus d'une heure que le gorille et le perroquet suivent l'étrange piste. Ils se trouvent maintenant dans une partie de la forêt où ils ne sont jamais venus.

— On devrait aller chercher du secours, chuchote Loquet, qui n'est pas très rassuré.

— Du secours, pour quoi faire ? s'étonne Gorillo. Je suis assez costaud pour me défendre tout seul...

Mais le perroquet n'est pas de cet avis :

— Si on te tire dessus avec un fusil, ça ne te servira à rien d'être le plus fort des gorilles.

Le gorille costaud éclate de rire et il demande :

— Depuis quand les oiseaux ont-ils des fusils ?

Loquet claque du bec : un oiseau ? Et si ce n'était pas un oiseau ? Il n'y a pas que les oiseaux qui ont des plumes ! Les vrais Indiens en portent et les vieilles dames en piquent parfois sur leur chapeau...

Le perroquet est vraiment inquiet :

— Tu n'as pas peur ? murmure-t-il en jetant des coups d'œil autour de lui.

— Non, répond le gorille. Dans ma vie, je n'ai eu peur qu'une seule fois, c'est quand mon père m'a donné une terrible fessée... Ouille ouille ouille ! Je m'en souviens encore. Mais c'était il y a très très longtemps. Maintenant, je suis grand.

Le perroquet se pose sur l'épaule de Gorillo. Comme ça, il a un peu moins peur.

— Sais-tu ce qu'il faut faire pour avoir du courage ? demande le gorille.

— Heu... non, dit Loquet.

— Il faut chanter ! s'écrie Gorillo.

— Non, surtout pas ! sursaute le perroquet.

Mais le gorille n'écoute pas. Il ouvre une large bouche et se met à chanter :

— Do ré mi fa sol la si do !

Moi, je m'appelle Gorillo.

Si vous avez un problème,

si vous voulez qu'on vous aime,
composez le numéro :
SOS 000 !
Oui, je suis là !
Oui, me voilà :
moi, le gorille Gorillo !

9

IL PLEUT, IL MOUILLE

Depuis son voyage dans la savane, Gorillo n'a pas fait de progrès : il chante toujours faux, très faux, horriblement faux... Dès qu'il ouvre la bouche : do ré mi fa sol la si do... des milliers de gouttes de pluie tombent sur la forêt.

— Gorillo ! Arrête ! supplie le perroquet.

— Tu n'aimes pas ma chanson ? grogne le gorille, vexé.

— Ce n'est pas ça, gémit Loquet. Regarde par terre...

Qu'y a-t-il donc sur le sol ? Catastrophe ! La pluie a effacé la longue trace. Il n'y a plus de deuxième indice !

Furieux, Gorillo jette sa casquette sur le chemin et il la piétine en rugissant :

— Je ne suis qu'un imbécile !

— Mais non, mais non ! proteste le perroquet.

— Mon enquête est à l'eau...

— Mais non, mais non ! répète le perroquet. Elle est juste un peu mouillée. Mais ce n'est pas si grave que ça ; nous trouverons de nouveaux indices.

Gorillo soupire : il ne deviendra jamais un grand détective, le meilleur détective du monde.

Terriblement déçu, le gorille ramasse sa casquette trempée et boueuse, qu'il pose délicatement sur sa tête.

Le soleil s'est couché et la forêt devient de plus en plus sombre.

— J'ai faim et je suis épuisé, dit le perroquet. Toi aussi, n'est-ce pas ?

— Exact, approuve Gorillo.

— Rentrons chez nous, propose Loquet. Nous reviendrons demain matin.

Mais le gorille n'est pas d'accord :

un détective ne se repose jamais.
Un détective poursuit son enquête, même s'il est très fatigué !

— Va te reposer ! ordonne-t-il. Tu
me rejoindras après une bonne
nuit.

— A demain, Gorillo ! A demain !
dit le perroquet, qui fait aussitôt
demi-tour.

A présent, il fait tout à fait noir dans la grande forêt. Comme tous les détectives, le gorille possède une lampe de poche miniature, qu'il cache dans son nœud papillon... Drôle de cachette pour une lampe !

Gorillo tient donc sa lampe de poche à la main et il avance lentement entre les arbres.

Autour de lui, les branches grincent, les troncs craquent et le vent souffle dans le feuillage : ouh ouh ouh...

Gorillo a-t-il peur ? Gorillo tremble-t-il ? Pas du tout ! Il n'a vraiment peur de rien ! Mais il écoute le moindre bruit de la forêt... Chut ! Il cherche un nouvel indice.

Soudain, le gorille aperçoit une forme bizarre : ce n'est pas un arbre géant... Ce n'est pas un mur non plus...

Il dirige la lumière de sa lampe de poche vers cette barrière étrange... Devant lui se dresse une montagne de rochers.

— Des rochers dans la forêt ? s'étonne Gorillo. Je n'en avais jamais entendu parler.

A quelques mètres se trouve l'entrée d'une grotte... Le gorille serre les poings : cette grotte a certainement un rapport avec les disparitions ! Son enquête avance à grands pas, à pas de géant !

Gorillo hésite un peu : que va-t-il

faire maintenant ? Retourner chez lui et revenir demain matin quand il fera jour ? Ou bien pénétrer tout de suite dans cette grotte inquiétante et surprendre le bandit pendant la nuit ?

— Hum... dit le gorille. Je vais jouer à pile ou face.

Et zip ! Il lance sa casquette en l'air. Si elle retombe du mauvais

côté, il rentrera chez lui ; si elle retombe dans le bon sens, il poursuivra son enquête cette nuit même.

Comment la casquette va-t-elle retomber ? Mystère…

10

ATTENTION: DANGER!

Paf! La casquette atterrit sur le chemin. Gorillo se baisse et la regarde attentivement:

— Pile ou face, il n'y a que ça de vrai! s'amuse le gorille. Ma casquette est tombée du bon côté! En route! Et gare au danger!

Après avoir ramassé sa casquette et rangé sa lampe de poche pour ne pas se faire remarquer, Gorillo entre dans la grotte.

Il y fait noir, complètement noir ! Le gorille n'y voit goutte…

Tout à coup, le voilà qui glisse, glisse, glisse… happé par une sorte de toboggan, et il se retrouve à moitié assommé dans une prison de rochers.

— Calamité ! gronde le gorille. Je me suis fait piéger…

En effet, il est tombé dans un piège placé à l'entrée de la grotte. Par qui ? Pourquoi ? C'est ce que Gorillo voudrait savoir.

Grâce à sa lampe de poche, il inspecte les environs... Il y a des rochers de tous les côtés!

Cette prison ressemble à une oubliette, un trou profond comme dans les châteaux forts.

— Comment sortir d'un endroit pareil? ronchonne Gorillo, qui donne des coups de poing dans les murs. Aïe! Ouille! Ça fait mal... Même le plus costaud des gorilles ne pourrait casser des rochers aussi épais que ceux-ci!

Alors, le gorille, très fatigué, s'allonge sur le sol. Son ami le perroquet a raison: il doit se reposer. Quand il aura dormi, il aura plus de forces et il trouvera une excellente idée pour quitter cette prison.

Gorillo se met à ronfler très fort…
plus fort qu'une machine à vapeur,
plus fort qu'un énorme moteur !
Les habitants de la grotte vont-ils

l'entendre? Le monstre va-t-il arriver pendant que le gorille est endormi?

Non... Rien ne bouge dans la montagne de rochers.

Les heures passent lentement...
Le gorille super-costaud dort toujours profondément.

Enfin, il entrouvre les yeux.
D'abord, il ne se souvient plus de l'endroit où il se trouve:
— J'ai dormi longtemps et pourtant il fait encore noir... Bizarre!
Il tâte le sol et ne reconnaît pas son arbre:
— J'ai dormi par terre sur des rochers... Bizarre!
Alors, il allume sa lampe de poche et découvre la prison:

— Calamité ! Qu'est-ce que je fais ici ? Bizarre !

Le gorille se frotte la tête : il a une grosse bosse sur le front ! Aussitôt, il se souvient de son enquête, de la pluie qui a effacé la piste, de la grotte étrange qu'il ne connaissait pas et du piège dans lequel il est tombé !

— Je n'ai aucune envie de moisir dans ce trou, décide Gorillo. Je vais creuser un tunnel dans les rochers...

Le gorille explore les murs de sa prison, à la recherche d'une fente. Là ! Il vient d'en apercevoir une assez large. Il y glisse les doigts et il essaie d'écarter les rochers :

— Aïe aïe aïe ! Ça fait mal ! Il faut

pourtant que j'enlève quelques morceaux de roche pour creuser une sortie de secours...

Le temps passe... Le gorille travaille sans s'arrêter. Il a les doigts en sang et il serre les dents pour ne pas gémir.

Soudain, Gorillo découvre un ver luisant... Un ver luisant dans un tunnel ?

— Ce n'est pas un ver luisant ! s'écrie le gorille en riant. C'est un peu de lumière qui se glisse entre les rochers ! Je vais bientôt m'échapper de cette prison... Hourra ! Je suis sauvé !

Encore un petit effort et Gorillo sort du tunnel. Il se retrouve à l'extérieur de la grotte, non loin de l'entrée où est caché le piège. Attention : danger ! Il ne doit pas retomber dedans !

LE PROPRIÉTAIRE
DE LA GROTTE

Cette fois-ci, Gorillo entre très lentement dans la grotte. Il regarde bien où il pose les pattes et il écoute le moindre bruit.

Tout à coup, une grosse voix résonne entre les rochers:

— Qui ose venir chez moi?

— Bonjour, cher monsieur! C'est pour une enquête, répond le gorille poliment.

— Une enquête? Quelle enquête? gronde la voix.

Gorillo toussote trois fois de suite, puis il explique:

— Ce n'est pas une enquête sur la lessive ou les surgelés! C'est une enquête poli...

— Une enquête polie? interrompt la voix.

— Une enquête policière! dit le gorille avec un large sourire.

Grrr! Un rugissement terrible retentit et le propriétaire de la grotte apparaît. Il porte des plumes, mais ce n'est pas un oiseau, ce n'est pas un Indien, ce n'est pas non plus une vieille dame qui aurait piqué quelques plumes sur son cha-peau...

Non! C'est un serpent, un énorme serpent! Il agite sa langue four-chue, il frotte son corps couvert d'écailles sur le sol et ses yeux verts lancent des éclairs.

— Bonjour! dit le gorille. Je me présente : Gorillo, détective privé et super-costaud!

Le propriétaire de la grotte est fou de rage, rouge de colère... Si ça continue, il va même attraper la jaunisse!

— Moi... grogne-t-il. Moi, je suis le terrible Serpent à plumes, l'em-plumé, le bariolé, le tatoué! Que viens-tu faire chez moi, minus?

Le gorille sourit : ce serpent ridicule le traite de minus ? Rira bien qui rira le dernier ! Dans cinq minutes, ce serpent de malheur criera « pitié ! »… Mais avant, il doit avouer où il a caché tous les animaux enlevés.

Alors, le gorille prend sa loupe et la place devant ses yeux :

— Ce que je viens faire chez toi ? Facile, facile ! J'ai suivi une piste qui m'a mené jusqu'à cette grotte...

— Et alors ? gronde le serpent.

— Je me trouve à présent nez à nez avec un emplumé... poursuit le gorille.

— Et alors ?

— Cet emplumé va me dire gentiment où il a mis les animaux qui ont disparu, conclut Gorillo.

Le Serpent à plumes regarde ce gorille ridicule et il se met à ricaner. Lui, le serpent le plus fort et le plus intelligent de la Terre, il n'a pas peur de ce singe noir. Eh eh eh... Les singes ne sont bons que pour faire des grimaces, pas pour mener des enquêtes policières ! Eh eh eh...

— J'attends ta réponse, dit le gorille, mécontent.

— Eh eh eh... s'amuse le serpent. Tu ne les retrouveras jamais.

Puisque la politesse ne sert à rien avec un monstre pareil, Gorillo dépose dans un coin de la grotte : sa casquette, son nœud papillon et sa lampe de poche, ses lunettes fluorescentes. Puis il se retourne en grinçant des dents.

— Que fais-tu ? s'étonne le serpent.

— Je ne me bats jamais avec mes affaires, explique le gorille. Je risquerais de les abîmer...

Et Gorillo bondit vers le serpent.
Les plumes jaillissent dans tous les
sens. Le monstre secoue sa longue
queue couverte d'écailles.
Le gorille gigote, cogne, frappe,
tape... Mais le serpent est aussi
très fort. Il remue, gesticule, se
tortille, se dandine...

Le combat dure longtemps, très longtemps. Qui va gagner : le gorille super-costaud ou bien le monstre emplumé, bariolé, tatoué comme un Indien ?

De grands cris retentissent dans la grotte : Aïe ! Ouille ! Bien fait pour toi ! Tu l'auras voulu !

Qui donc sera vainqueur ?

12

L'ENQUÊTE CONTINUE

Quand les cris s'arrêtent enfin, le serpent n'est plus qu'une énorme montagne de nœuds. Il l'a bien mérité!

Et le gorille? Il est allongé sur le sol et il ne bouge plus... Serait-il mort?

— Gorillo! Où es-tu? Gorillo!

Quelqu'un appelle le gorille! C'est Loquet, qui le cherche partout depuis une heure. Le perroquet vient de découvrir l'entrée de la grotte et il volette à l'intérieur, en demandant:

— Gorillo! Réponds-moi! Où es-tu?

Quelle est cette forme noire couchée à côté de ce gros serpent noué? Loquet s'approche, très inquiet:

— Gorillo... C'est toi? Dis-moi que tu n'es pas mort...

— De toute façon, si j'étais mort, je ne te répondrais pas... soupire le gorille.

— Ah, c'est malin! Tu ne pouvais

Le gorille frappe dans ses pattes. Il est temps de poursuivre l'enquête. Un détective privé ne s'arrête jamais!

— Loquet!
— Présent! dit le perroquet.
— Suis-moi, mais attention aux pièges! conseille Gorillo. En avant!

Le gorille allume sa lampe de poche et les deux amis commencent l'exploration de la grotte. On dirait un vrai labyrinthe: des tunnels montent, descendent, se croisent, tournent en rond...

— Nous allons nous perdre, chuchote Loquet.
— Absolument pas! dit Gorillo.

Regarde ce que je tiens dans la main !

— Un morceau de charbon ? s'étonne le perroquet. A quoi ça sert ?

Depuis que Gorillo a pénétré dans la grotte, il trace des croix le long du chemin suivi avec le morceau de charbon.

— Formidable ! applaudit Loquet. Nous ressortirons facilement de la grotte. Gorillo, tu es un vrai génie !

Mais les animaux disparus se trouvent-ils vraiment dans cette grotte ? Le Serpent à plumes les a peut-être mangés ou transportés dans un autre endroit ?

Le gorille dresse l'oreille : il a cru entendre des appels et des gémis-

pas le dire plus tôt! s'écrie le perroquet, qui se met à danser de joie. Raconte-moi tout ce qui s'est passé depuis que nous nous sommes séparés!

Tout d'abord, Gorillo se relève et il récupère sa casquette, son nœud papillon, sa lampe de poche et ses lunettes fluorescentes.
Puis il raconte ses mésaventures à son ami Loquet.

— Tu n'as pas retrouvé les animaux disparus? s'inquiète le perroquet.
— Je n'ai pas eu le temps de les chercher, avoue Gorillo. J'avais d'abord un petit problème à régler: un petit problème qui mesurait bien dix mètres de long!

Loquet arrache une plume bariolée de la tête du serpent. Il la
regarde attentivement et dit à voix
basse :

— J'avais raison : les oiseaux ne
sont pas les seuls à avoir des
plumes.

Le gorille frappe dans ses pattes. Il est temps de poursuivre l'enquête. Un détective privé ne s'arrête jamais !

— Loquet !
— Présent ! dit le perroquet.
— Suis-moi, mais attention aux pièges ! conseille Gorillo. En avant !

Le gorille allume sa lampe de poche et les deux amis commencent l'exploration de la grotte. On dirait un vrai labyrinthe : des tunnels montent, descendent, se croisent, tournent en rond...
— Nous allons nous perdre, chuchote Loquet.
— Absolument pas ! dit Gorillo.

Regarde ce que je tiens dans la main !

— Un morceau de charbon ? s'étonne le perroquet. A quoi ça sert ?

Depuis que Gorillo a pénétré dans la grotte, il trace des croix le long du chemin suivi avec le morceau de charbon.

— Formidable ! applaudit Loquet. Nous ressortirons facilement de la grotte. Gorillo, tu es un vrai génie !

Mais les animaux disparus se trouvent-ils vraiment dans cette grotte ? Le Serpent à plumes les a peut-être mangés ou transportés dans un autre endroit ?

Le gorille dresse l'oreille : il a cru entendre des appels et des gémissements… Non, c'est sans doute le vent qui souffle de tunnel en tunnel.

Pendant toute la journée, Gorillo marche dans le labyrinthe géant. Fatigué de voler, Loquet s'est assis sur la tête de son ami. Il regarde à gauche, il regarde à droite, mais il ne découvre pas le moindre signe, pas la moindre piste…

— Je parie que tu ne veux pas abandonner les recherches, soupire le perroquet.

— Pari gagné ! dit Gorillo. C'est la première fois que je mène une véritable enquête de détective. J'irai jusqu'au bout ! Et je retrouverai tous les animaux disparus, parole de gorille super-costaud !

13

GORILLO A DU NOUVEAU

Pendant que Gorillo et Loquet vont et viennent dans le labyrinthe géant, que se passe-t-il dans la forêt? Les habitants de la jungle se sont tous réunis au bord de la rivière.

Banane l'hippopotame verse des larmes de crocodile :

— Jamais nous ne retrouverons ceux qui ont disparu...

— Tout est perdu, gémit Julia la panthère.

Le grand Talligator claque des dents :

— Clic clic clac... Gorillo et le perroquet ne reviendront pas non plus. Ils ont dû être dévorés par le monstre.

— Bientôt, il viendra nous croquer nous aussi... sifflote l'oiseau blanc en tremblotant.

Fabi le fourmilier a tant marché de long en large dans la clairière qu'il a des fourmis dans les pattes... Quant à Faidodo le paresseux, il ne peut plus prononcer un mot. Les habitants de la forêt ne savent pas quoi faire. Si Gorillo, le gorille super-costaud, a échoué, eux ne pourront pas combattre le monstre à plumes.

Le Seigneur Talligator réfléchit longtemps, puis il propose aux animaux rassemblés :

— Il n'y a qu'une solution...

— Quelle solution ? demande Fabi.

— Il faut partir d'ici ! répond le grand Talligator.

— Abandonner notre rivière, nos maisons, nos terriers et nos abris ? sursautent l'hippopotame et la panthère.

Talligator hoche la tête :

— Si nous ne partons pas, le monstre nous trouvera et nous dévorera… Non ! Je préfère me réfugier dans la savane.

— Il a raison ! approuve Fabi le fourmilier. Nous chercherons une autre rivière, nous creuserons de nouveaux abris…

Les habitants de la jungle soupirent tristement, mais ils acceptent la proposition du grand Talligator : demain, tous les animaux quitteront la forêt !

En vérité, le monstre n'a pas dévoré Gorillo et son ami Loquet… Mais Talligator et les autres habitants de la jungle ne le savent pas !

En vérité, le monstre n'est pas un oiseau, mais un énorme serpent aux plumes bariolées… Mais Talligator ne le sait pas !

En vérité, le Serpent à plumes ne peut plus venir dans la forêt enlever de petits animaux, car il est mort et complètement noué… mais Talligator ne le sait pas !

Les animaux de la jungle préparent leur départ. Pendant ce temps-là, Gorillo marche, marche, marche sans s'arrêter. Tout à coup, il entend de drôles de bruits : toc toc toc toc...

— Loquet, écoute ! Qu'est-ce que c'est ?

— Mon cœur qui bat, répond le perroquet. Il bat très fort parce que j'ai peur de ne jamais revoir la lumière du jour...

Le gorille hausse les épaules. Mais non ! Ce bruit-là vient de plus loin... Quelqu'un frappe contre un mur ou une porte ! Hourra ! Voilà enfin une piste !

Peu à peu, Gorillo se rapproche du bruit bizarre : toc toc toc toc...

Mais une chose l'inquiète : la lumière de sa lampe de poche commence à faiblir. La pile est presque usée.

Et le gorille marmonne entre ses dents :

— Pourvu que nous trouvions rapidement les animaux disparus, car dans le noir nous n'y arriverions jamais...

Peu après, les deux amis atteignent une grande salle creusée dans les rochers. Là sont installées de nombreuses cages. Et dans ces cages se trouvent tous les animaux qui avaient été enlevés.

— Maman ! Au secours ! crie Philippon, le petit hippopotame. Au secours ! Le gorille veut nous emporter comme le méchant serpent !

— Tais-toi donc! interrompt le petit singe. Il a entendu le bruit que je faisais en tapant contre les barreaux de la cage et il vient nous délivrer.

— Exactement! dit le perroquet. Je vous présente Gorillo, le gorille super-costaud! Il va tous vous sauver!

14

HOURRA POUR GORILLO!

Dans leurs cages, les prisonniers arrêtent de trembler et de pleurer. Ils applaudissent tous le gorille:
— Hourra pour Gorillo! Merci, Gorillo! Tu es notre héros!

Le gorille super-costaud écarte facilement les barreaux des cages et il délivre les animaux.

— Je vais vous reconduire chez vous, d'accord? propose-t-il.

— D'accord!

— Moi, je suis trop fatigué... dit le petit hippopotame. Je ne pourrai pas marcher.

— Moi non plus, pleurniche le bébé panthère.

Alors, Gorillo place presque tous les animaux sur son dos et il s'éloigne à grands pas. Le perroquet tient la lampe de poche dans son bec: heureusement, elle marche encore un petit peu. Ainsi, le gorille peut suivre les croix noires qu'il a tracées dans le labyrinthe.

Quand la lampe n'éclaire plus rien du tout, le gorille écarquille les yeux et il aperçoit un peu de lumière au bout du tunnel. C'est la sortie de la grotte ! Ils sont sauvés ! Quelques derniers pas... hop hop hop ! Le gorille, le perroquet et tous les anciens prisonniers se retrouvent à l'air libre, dans la forêt.
— Bravo ! Hourra pour Gorillo !

Un peu plus loin, le grand Talligator est très étonné :
— Nous allons quitter nos maisons et certains osent applaudir et crier... C'est honteux ! Je vais de ce pas les gronder !

Talligator sort de chez lui. Très en colère, il s'éloigne sur le chemin. Il tape ses pattes sur le sol. Il frappe

au passage les troncs d'arbre avec
sa large queue.

Et que voit-il au pied des grands
arbres ? Gorillo !

— Mais oh oh oh... bredouille
Talligator. Go Go Gorillo n'est
pas mort.

Gorillo n'est pas seul ! Il est entou-
ré de Loquet, de Philippon, du
bébé panthère, des oisillons, du

petit singe et de tous les autres animaux disparus.

— Mais oh oh oh... Ils ils ils sont revenus !

Terriblement ému, le grand Talligator pousse un hurlement, un cri qu'on entend aux quatre coins de la jungle :

Ils sont là !

— Qui : ils ? s'étonne Fabi le fourmilier.

— Qui : ils ? répète Julia la panthère.

— Qui ? ajoute le paresseux.

— Qui que quoi ? bafouille Banane l'hippopotame.

Les nouvelles se répandent vite dans la forêt : Gorillo est de retour ! Il a tué le monstre ! Il a retrouvé les animaux disparus! Gorillo est le meilleur détective privé du monde! Le gorille super-costaud est un vrai héros!

Quelle joie dans la jungle!
Banane couvre Philippon de bi-sous-nénuphars, des baisers spé-ciaux pour les hippopotames. Julia caresse son bébé panthère. L'oi-seau blanc a bâti un nouveau nid pour ses oisillons. Le petit singe se balance de liane en liane avec ses parents.

Et Gorillo? Il se repose, assis à califourchon sur une branche d'arbre. Il était très très fatigué... C'est un peu normal après les ter-ribles journées qu'il vient de pas-ser.

Mais pendant qu'il dort, le grand Talligator a une nouvelle idée :

— Je propose que nous organisions une fête en l'honneur de Gorillo.

— Une fête-surprise ? demande le perroquet.

— Une fête-surprise pour notre héros! ajoute le grand Talligator. D'accord?

— D'accord! approuvent tous les animaux.

15

UNE FÊTE POUR GORILLO

Gorillo dort pendant de longues heures. Quand il se réveille, il aperçoit des guirlandes de fleurs suspendues aux branches et aux troncs.

— Tous les arbres ont fleuri cette nuit ? s'étonne le gorille.

Il découvre aussi d'immenses pancartes où sont tracées de larges lettres :

VIVE GORILLO !

— Je dois être en train de rêver, murmure le gorille. Je ne vais pas tarder à me réveiller.

Mais non ! Gorillo ne dort plus ! Les animaux de la forêt ont organisé une fête extraordinaire, une fête comme le gorille n'en a jamais vu.

Ils ont déposé des centaines de petits paquets au pied de son arbre.
Ils ont aussi peint un nouveau panneau :

GORILLO
DÉTECTIVE PRIVÉ
Frapper avant de monter

Pourtant, il y a une chose que Gorillo ne comprend pas : pourquoi les habitants de la jungle tiennent-ils tous un parapluie ? Quelle drôle d'idée ! Il fait un temps superbe aujourd'hui !

Gorillo est très heureux. Il ne sait pas quoi dire pour remercier Banane, Talligator, Julia et tous les autres animaux.
Alors, il prend l'instrument de musique qu'il a fabriqué avec une noix de coco et il commence à le gratter, le tapoter : tap tap tap !

Puis il ouvre une large bouche et il
se met à chanter :
— Do ré mi fa sol la si do !
Moi, je m'appelle Gorillo.
Un grand merci à mes amis !
Si vous avez un problème,
si vous voulez qu'on vous aime,
composez le numéro

SOS 000!
Oui, je suis là!
Oui, me voilà:
moi, le gorille Gorillo!

Évidemment, dès que Gorillo commence sa chanson... do ré mi fa sol la si do! de grosses gouttes de pluie l'accompagnent.
Plic ploc plic! Elles tombent sur les feuilles, dans la rivière et sur les grands arbres de la forêt.
Aussitôt, les animaux se mettent à l'abri sous leurs parapluies.
Mais aujourd'hui, personne ne chuchote, personne ne grogne ni ne ronchonne:
— On en a assez d'être trempés, d'éternuer, de grelotter... S'arrêtera-t-il de chanter?

Non, bien sûr! Tout le monde applaudit, car aujourd'hui c'est la fête de Gorillo. Il peut faire ce qui lui plaît!

Mais à la fin de la journée, Loquet le perroquet lui chuchote à l'oreille :

— Je voudrais te dire quelque chose… si tu me promets de ne pas te fâcher.

— Promis, juré! dit le gorille en levant la patte droite.

— A partir de demain, nous aimerions que tu ne chantes tes chansons qu'une fois par semaine. Un jour de pluie sur sept : c'est suffisant, non?

Gorillo va-t-il se mettre en colère?

Non, il éclate de rire et il accroche son superbe instrument de musique au sommet de son arbre.

Puis il avoue à son ami :
— Maintenant que je suis devenu le meilleur détective privé du monde, je vais avoir beaucoup de travail... Il ne me restera plus beaucoup de temps pour chanter ! Tant pis ! Je trouverai autre chose qui ne fait pas tomber la pluie ! C'est promis !

Depuis ce moment-là, tout a changé dans la grande forêt. Personne ne s'inquiète plus... car au moindre ennui, au moindre souci, il suffit de composer le numéro : SOS 000 ! Aussitôt, Gorillo, le gorille super-costaud, apparaît... et tout s'arrange peu après !

FIN

TABLE DES MATIÈRES

IMPRIMÉ EN ESPAGNE PAR GRAFMAN S.A.
Pol. Ind. El Campillo Pab. A-2
Gallarta (Vizcaya).